EL GENIO

INSACIABLE

F. SIMMONS

Traducido por: Susana Sela

Audiolibro narrado por: Legna Rivas

Autoedición

1ª edición 2025

ISBN 978-1-7636313-2-8

Diseño de portada: F Simmons

Prefacio

Buscador, buscador, junto al candil,
Tres deseos otorgo, con magia sutil,
Pero escucha mis palabras, que un deseo puede engañar,
No todo deseo es lo que parece al mirar…

Insaciable. Una vida tambaleándose al borde del abismo de la existencia, una energía demasiado extraordinaria para ser contenida, pues la vida no es más que un instante fugaz, demasiado breve y preciosa como para vivirla según los designios de otra persona.

En cierto modo, esta breve introducción podría servir de puerta de entrada a tu corazón vulnerable, abriendo un portal hacia tu máximo potencial, despertando tus deseos ocultos y dormidos y trayéndolos a la vida, en esto que llamamos realidad de tercera dimensión. Soñar como si estuvieras viviendo y vivir como si estuvieras soñando, porque el mayor creador es el genio, y el genio reside dentro de ti…

Este breve relato tiene lugar en algún momento dentro de la línea temporal del tercer libro de la serie *Dios del Sexo*.

Pregunta: *¿Qué estarías dispuesto a arriesgar y hasta qué punto te entregarías para obtener todo lo que siempre has deseado?*

Me gustaría agradecer a Susana, Luna, Salma, Farida, Raneem, Haider y especialmente a Legna por acompañarme en este viaje.

Capítulo 1: Confianza

Hace muchas lunas…

En un mundo aún por descubrir, donde se alzan las copas esmeraldas de los árboles y cantan los tucanes en los cielos matutinos, vivía una joven fascinante y peculiar, de voluntad firme y cautivadora, llamada Iara.

Desde una edad temprana, Iara mostró un talento extraordinario para la caza. En medio del denso y verde bosque, perfeccionó sus habilidades, dominando el arte de rastrear y tender trampas con una destreza que cautivaba a todos los testigos. Gracias a ello, se ganó la admiración de toda su tribu, incluyendo a su padre, el honorable jefe, que la miraba con inmenso orgullo, ya que la fuerza de sus ancestros fluía a través de ella.

Sin embargo, a pesar de sus logros, Iara llevaba el peso de las expectativas sociales. Con 31 años, era la mayor de sus hermanas y aún no se había casado, un hecho que pesaba profundamente sobre su corazón. Los susurros de la tribu la impulsaban hacia el matrimonio, un rol que sentía cada vez más como una obligación. Finalmente, su mirada se posó en Chimba, el apuesto y rico guerrero a media jornada de la tribu. Parecía tenerlo todo: carisma, destreza, un rudo encanto y un futuro que insinuaba liderazgo, a pesar de no ser el jefe.

Aun así, las dudas nublaban su corazón. Iara creía tener pocas posibilidades frente a su prima Yurani, una mujer más joven y femenina, admirada por los miembros de la tribu por su inagotable belleza, y que parecía encajar mejor con los gustos de Chimba. La idea de tener que competir por el amor de Chimba la llenaba de inquietud y se sentía atrapada en una encrucijada, dividida entre su identidad como cazadora y el papel de mujer que se esperaba que fuera...

Inmersa en sus actividades diarias, Iara se desplazaba lentamente por el bullicioso centro del pueblo. Las risas resonaban aquí y allá, mientras el aire se impregnaba de los sonidos del mercado y el fragante humo de los fogones. Los miembros de la tribu se mostraban jubilosos, pues los hombres habían regresado de tierras lejanas, trayendo consigo los trofeos de su última victoria. Con astucia y sigilo, se habían dirigido hacia las tierras de otra tribu, donde la caza se movía libremente bajo la vigilante mirada de los dioses. Y he aquí que la caza fue fructífera, pues muchos pájaros cayeron ante sus flechas y los ciervos del bosque sucumbieron ante su fuerza. Así, cargados con los frutos de su transgresión, volvieron con un festín rico y abundante. Sin embargo, una sensación de desasosiego se apoderó de Iara, como si sintiera la presencia de miradas escrutadoras sobre ella.

De repente, como si algo invisible la hubiera impulsado, dio un giro brusco, mientras su corazón se aceleraba. En ese instante, un extraño emergió de la multitud, como una presencia imponente y misteriosa. Tenía rasgos propios de tierras lejanas. Su rostro era diferente al de su gente y ella se mostró precavida, pero también llena de una inmensa curiosidad.

- Mi señora, ¿sois vos... *Ee-Ya-Ra*? – preguntó con voz profunda.

Sorprendida, ella le observó con cautela. ¿Quién era aquel hombre tan llamativo y tan extraño?

- Yo soy. ¿Qué es lo que buscas, forastero? – respondió.
- Tomad mi mano – continuó él, ofreciéndole su palma, como invitándola con la promesa de algo más prometedor.

Iara no era de las que se lanzaban a lo desconocido sin una cuidadosa deliberación. Era sabia y cautelosa, su juicio agudo y claro. No era una ingenua, ni fácilmente confiada, como correspondía a una buena hermana mayor. Mientras observaba al extraño que se encontraba frente a ella, se mantuvo alerta. Era como si aquel hombre la conociera íntimamente y eso le provocaba intriga y nerviosismo al mismo tiempo.

Sus pensamientos se enredaban en un torbellino de confusión. ¿Qué pensarían los habitantes del pueblo si aceptaba su mano? La naturaleza chismosa de su gente era bien conocida y ya podía imaginar las disparatadas historias que surgirían sobre aquel extraño personaje y ella. El simple acto de tomar su mano podía desatar una tormenta de especulaciones. Aquel gesto trivial podía exagerarse hasta alcanzar proporciones escandalosas.

Sin embargo, rechazar por completo su oferta la expondría a otro tipo de escrutinio, uno que sugeriría una renuencia a involucrarse. Sintió crecer la incertidumbre a su alrededor. Finalmente, con una mirada desconcertada y confundida, extendió su mano. El extraño apretó su palma

3

con fuerza, atrayéndola hacia él con una energía que provocó un escalofrío en su cuerpo. En aquel momento, Iara se encontraba al borde de una aventura que ni tan siquiera imaginaba.

- Ven, sígueme – la instó – Poseo algo de gran importancia.
- ¿Quién eres y adónde me llevas? – preguntó ella con curiosidad.

El extraño respondió con suavidad, dejando que las palabras fluyeran:

Junto al río te guiaré con cuidado,

A un claro bañado en luz, donde el agua ha caído,

Allí, donde las aguas fluyen sin cesar,

Y todo lo que buscas será tu destino al acabar

Con todo, a medida que se alejaban de la multitud, Iara sintió como la inquietud florecía en su interior. A medida que cada paso la apartaba de lo conocido, sus percepciones se agudizaban. Se trataba de una agitación curiosa. Sentía una leve confianza hacia el extraño y, sin embargo, la parte racional de su corazón la advertía contra tal insensatez. ¿A qué la conduciría aquello, a la fortuna o al desastre? El conflicto se desataba en su interior, asustando y emocionando a su espíritu al mismo tiempo.

Como si leyera su mente, el extraño se detuvo bruscamente, soltando la mano de Iara. Con un rápido movimiento, saltó hacia atrás, girando sobre sus talones.

Entonces, extendió los brazos, exhibiendo una amplia sonrisa grabada en su rostro.

- ¿Por qué te detienes? ¿Qué hechicería pretendes desplegar sobre mí? ¡Habla, te lo imploro! – exclamó Iara con irritación.
- Mi señora, – respondió el extraño – en este momento, os presento una elección. Podéis regresar a vuestra tribu, a lo familiar, al único lugar que habéis conocido. No pretendo ser un obstáculo en vuestro camino. Sin embargo, habéis de perdonarme, pues he de decir que una sorpresa os espera justo donde se acaba el horizonte.
- No te conozco, ni tampoco tú a mí – replicó Iara, vacilante.
- Si me permitís hacer una suposición, diría que – continuó él sois una mujer curiosa. ¿Me equivoco? – continuó él, mientras su mirada atravesaba su barrera defensiva – Sois la que anhela la aventura, un respiro de lo mundano. Después de todo, sois una hábil cazadora, os movéis entre los hombres de vuestra tribu. ¡Seguramente, vuestro espíritu no descansará sin enfrentarse a lo desconocido, a la esquiva captura que os aguarda!
- Disfruto las sorpresas en su justa medida – concedió ella, aunque un sentimiento de deber tiraba de su corazón. – Pero tengo encargos que atender. Pronto, mi familia se preguntará dónde estoy y debo destripar el pescado y preparar la comida de la tarde.
- En efecto, poseéis cualidades verdaderamente

5

encantadoras, que reflejan la esencia de vuestro carácter. – concedió el extraño – Iara, no os detendré mucho tiempo. Os aseguro que será tan solo un breve momento, después del cual podréis regresar con vuestra familia, con vuestro espíritu elevado por el valioso regalo que deseo otorgaros.

- Yo... no puedo, pero te lo agradezco de todos modos – respondió Iara con cautela, aunque su curiosidad le impedía hallar las palabras correctas.
- Como vos deseéis, Iara – respondió él, con una cálida sonrisa. – Confío en que el resto de vuestro día esté lleno de felicidad... y luz.

Entonces, Iara se dio la vuelta y emprendió el camino de vuelta a casa. Sin embargo, a medida que avanzaba, le consumía la necesidad de mirar atrás, con el corazón aún lleno de dudas. La figura del extraño se desvanecía en la distancia, su presencia disminuía, como un recuerdo que se apagaba. ¿Había tomado la decisión correcta?

A cada paso que daba, su vacilación se hacía más intensa. Lanzó otra mirada por encima del hombro y le vio a lo lejos, recogiendo con calma sus pertenencias. Su corazón se aceleró. ¿Qué tipo de regalo podría ocultarse en la promesa que le había lanzado?

- ¡Espera! – gritó con fuerza, rompiendo el silencio

Trotó hacia él, atraída por una especie de fuerza magnética.

- ¡Vamos! ¡Date prisa! – la animó él, divertido. Iara le siguió, mientras él se alejaba a paso ligero, con una sonrisa.

Finalmente, el río apareció ante ellos, su brillante superficie resplandeciendo bajo el sol del bosque.

- Está bien, forastero – comentó Iara, jadeando por el esfuerzo – Ahora que ya estamos aquí, dímelo. ¿Para qué me has traído?
- Iara – respondió él - ¿Crees en el destino?

Ella le miró, con una expresión desconcertada.

- Sí, creo en él. ¿Por qué?
- ¿Crees en la posibilidad de… un milagro? – le preguntó, con los ojos brillando intensamente.

Iara soltó una estridente carcajada.

- Sí. – respondió – Pero ¿qué tiene que ver con todo esto? Los milagros son tan raros como la explosión de una estrella lejana…

El forastero continuó hablando, sin titubear.

- ¿Crees que, si uno desea algo con el fervor suficiente, aprovechando la energía adecuada, la lealtad, el compromiso y la oración, finalmente logrará alcanzar sus deseos?
- Bueno… - respondió Iara, pensativamente – Eventualmente, estará más cerca de ello que si no hubiera hecho nada en absoluto.
- ¡He aquí mi propósito! – declaró él con audacia – He venido a conceder tus deseos, aunque no se trata de un simple chasquido de mis dedos. Mi objetivo es alterar tus hábitos cotidianos e infundir un toque de emoción en tu tranquila y ordinaria vida. ¡Aunque solo sea por un fugaz instante!
- ¡Esperad! ¿De qué estás hablando? – preguntó Iara,

llena de curiosidad - ¿Cuál es tu nombre, forastero?

-   Soy Uriel, de la lejana tierra de Ur. Esta noche, he venido a ofreceros mis servicios. ¡Soy vuestro genio, oh, Iara, estoy a vuestra disposición, para cumplir todos vuestros deseos... todos vuestros anhelos!

-   ¿Qué es esto, algún tipo de juego? – negó Iara, con profundo escepticismo – A ver si lo entiendo: un hombre extraño emerge de las profundidades de la nada, sabe mi nombre, mis preferencias, conoce cosas de mí que ningún desconocido debería saber. ¿Por qué se supone que debería confiar en ti?

-   ¿No te parece que acabáis de definir la misma esencia de un genio, destinado por las estrellas? – replicó Uriel, sin titubear – No eres una ingenua, Iara – continuó, reconociendo su naturaleza – Y eso te ha servido bastante bien hasta ahora. Muy bien, de hecho. Te he elegido como beneficiaria de mis dones. Pídeme tres deseos, pues, y tres deseos te concederé.

-   ¿Dónde está el truco, puedes decírmelo? – respondió Iara, cruzando los brazos, mientras una juguetona sonrisa se ampliaba en sus labios. – Todo tiene un precio. ¡Confiesa cuál es tu propósito!

Uriel comenzó a hablar, en tono apacible, tomando una respiración profunda antes de continuar:

-   En estas tierras, apenas he encontrado un breve momento para descansar de mi viaje. Pero quede claro que, en cada aldea y pueblo que visito, donde interactúo con la gente, incluso la más simple sugerencia puede iluminar el camino de aquellos que están perdidos. Cada acto de bondad es como una gota de esperanza en el vasto océano de la vida y hasta el más pequeño gesto puede generar una gran onda expansiva. Vos, Iara, poseéis el poder de crear esas ondas. Así que, cuando os preguntéis por qué, habéis de saber que se trata de algo inherente a mi naturaleza. Vuestro éxito y vuestra felicidad traerán los míos propios. Ese es el pago que reclamo.

Iara contempló al forastero con una expresión críptica, reflexionando sobre el misterio que representaba.

- Sin embargo, ¡oh, Iara!, debo advertirte – declaró Uriel:

Llámame y yo te escucharé,

Cada deseo, cada anhelo te daré.

El deseo más puro de tu corazón,

Cualquier cosa que quieras, toma mi mano, sin condición,

Pero hay uno solo, un deseo prohibido,

No todo deseo puede ser cumplido y escrito

Ella dirigió su mirada hacia Uriel, algo confundida.

- ¿A qué te refieres con que un deseo está prohibido? – preguntó curiosa, sus ojos buscando una respuesta.

Uriel soltó una suave risa. Dio un paso hacia ella y el aire a su alrededor pareció cambiar.

- Te he otorgado el poder de invocarme para cualquier petición en este universo conocido, pero uno de los deseos, oh, Iara, nunca podrá estar bajo tu control.

Las palabras se agolpaban al borde de su lengua, ocultas bajo capas de misterio. Ella, ansiosa, dio un paso adelante sus dedos temblando, luchando por comprender la verdad que él, tan cuidadosamente, mantenía fuera de su alcance.

- ¿Y qué es, Uriel? ¿Qué es esa *cosa* que me estás ocultando? – preguntó Iara, nerviosa.

Una risa brotó de los labios de Uriel.

- Lo sabréis con el tiempo, dulce Iara – respondió – No puedo hablar de ello, porque no puede definirse con palabras. Se trata de un sentimiento, un saber que despertará en vuestro interior, llegado el momento. Lo sabréis… cuando tengáis que saberlo.

El corazón de Iara dio un vuelco. No lograba entender el significado de sus palabras, pero la críptica respuesta despertaba aún más su curiosidad.

- Paciencia, Iara – murmuró – Tu corazón lo sabrá y, cuando así sea, seguramente lo entenderás. – Uriel continuó con tranquilidad – No te retendré por más tiempo, eres libre de forjar vuestro propio camino. Sin embargo, si te sientes atraída por lo que te estoy ofreciendo, te invito a regresar aquí a las once y once en punto, cuando la noche esté en su cenit y todos los habitantes del pueblo se hayan entregado al sueño. Debes traer una vela encendida, el corazón abierto y el deseo que anhelas manifestar en tus labios. Estaré aquí todas las noches, esperando pacientemente hasta que te armes de valor y acudas con tu deseo en la mente. Hasta entonces, oh, Iara.

Iara se quedó allí, con la mente empapada de confusión. Justo en ese momento, Uriel comenzó a quitarse la camisa, y la invadió la incertidumbre, por no saber dónde dirigir su mirada. Luchando contra su inocencia y curiosa al mismo tiempo, no pudo evitar echar un vistazo a su torso desnudo, definido y brillante bajo la luz del sol.

- ¿Ves algo que te guste? – bromeó Uriel, de manera juguetona.

Sin atisbo de duda, él saltó a las frescas aguas del río, enviando ondas a través de la superficie y salpicando ligeramente a Iara con algunas gotas. Iara sintió como se ruborizaban sus mejillas, avergonzada y confusa. Mientras se giraba para regresar al pueblo, su corazón latía con fuerza, pues sabía que debía tomar una importante decisión. ¿Volvería para encontrarse con él, con aquel forastero en el bosque, o elegiría la comodidad de su vida familiar?

Más tarde, esa noche, Iara se encontraba sumida en sus pensamientos, luchando contra aquel absurdo dilema. ¿Por qué iba a confiar en un forastero como Uriel, que afirmaba ser un genio? Sin embargo, la atracción generada por la curiosidad era demasiado fuerte para resistirse a ella y el miedo a estar perdiéndose algo era grande. ¿Y si realmente poseía el poder del que hablaba?

Si, al final, todo resultaba ser una mentira, al menos sería una fuera de lo común. Así que decidió acudir a la cita, aunque la duda seguía desgarrándola con una fuerza implacable. Envainó cuidadosamente su cuchillo de cazadora, colocándolo bajo la falda, contra su cadera. Se aseguró de que estuviera bien oculto, por si el peligro acechaba en las sombras, ya que, por supuesto, no podía confiar completamente en un extraño. Buscó una vela, ya que Uriel le había aconsejado llevarla, y se dirigió de nuevo al río, al lugar de encuentro que él había sugerido para la medianoche, cuando todo estuviera ya en silencio.

Mientras se acercaba al lugar de encuentro designado, un escalofrío helado hizo que el vello de su cuello se erizara. Comenzó a cuestionarse su cordura. ¿No era imprudente aventurarse sola en la oscuridad de la noche, atraída por la promesa de un extraño que acababa de conocer ese mismo día? ¿Acaso había perdido realmente la razón? Audaz y firmemente decidida, solía enfrentarse a los desafíos con valentía, pero aquello le parecía alarmantemente fuera de lugar. Aun así, la ardiente curiosidad la impulsaba a seguir adelante.

Pronto divisó la sombra de Uriel, apenas marcada contra el cielo sin luna. Estaba arrodillado en el suelo. Su figura reflejaba una tranquila postura de meditación.

- Llegas justo a tiempo, Iara – habló Uriel, mientras una cálida sonrisa iluminaba su rostro.
- Yo... sí, he llegado – balbuceó ella, momentáneamente sorprendida por la tranquila

energía que emanaba de él.

Uriel hizo un gesto para que se acercara. Luego, tomó con cuidado la vela encendida que ella llevaba y la colocó entre ambos. La llama iluminó sus rostros.

- ¿Has venido con el corazón abierto y las palabras de tu primer deseo en los labios, Iara?

- Por supuesto – respondió ella con firmeza. – No hay otra razón por la que haya acudido.

- Entonces, ¿puedo pediros que compartáis conmigo lo que guardáis en vuestro interior? – la instó él suavemente.

- Bueno, Uriel – comenzó ella. Su voz era apenas un susurro, ahogada por el cri-cri de las cigarras en el paisaje boscoso. – La verdad es que poseo muchas habilidades que me brindan satisfacción en esta vida. Ayudo a mi pueblo en la recolección y en la construcción de nuestras cabañas, hago evolucionar el conocimiento y la sabiduría transmitidos por nuestros ancianos. Puedo fabricar armas y crear arte, que refleja nuestra cultura. Somos personas sencillas, no deseamos las riquezas que una gran civilización puede ofrecer. Sin embargo, hay algo que sí anhelo realmente… y es abrazar la esencia de la feminidad dentro de mí… y experimentar el profundo sentimiento del amor.

Uriel provocó un profundo y retumbante estruendo de la nada:

Expón tu voluntad y avivaré tu fuego,

Te daré todo lo que quieras, todos tus deseos.

En espíritu, lo formo, en carne será,

La realidad se dobla a tu voluntad y se hará…

La vela se extinguió abruptamente, como si aquellas palabras hubieran cambiado el aire mismo.

- Entonces, Uriel, que así sea…

Oh, Uriel, escucha, mi súplica, mi deseo... ¡es estar con Chimba!

- Que él me vea más atractiva que cualquier otra mujer que haya mirado, que me elija a mí y que, finalmente, pueda encontrar el amor.

La expresión de Uriel se volvió seria, sus ojos se entrecerraron.

- ¡Oh, Iara! ¿Estás segura? Debo advertirte que desear a cierto *tipo* de persona, con cualidades encantadoras y particulares, podría traer un resultado favorable. Sin embargo, desear a una persona *específica* es un camino peligroso, pues invade la libre voluntad de esa persona. ¿Estás completamente segura?
- ¡Uriel! – le desafió - ¿Estás seguro de que posees el poder necesario para cumplir mi deseo? ¿O acaso estás buscando una excusa? ¿Eres, tal vez, un charlatán engañoso, un genio falso?

- ¡Nunca, ni en un millón de lunas! – respondió él con firmeza. – Estoy aquí para cumplir vuestras órdenes cada uno de vuestros deseos es mi mandato. Cualquier cosa que deseéis, simplemente, ordenádmelo y yo lo haré realidad.
- Pero antes de conceder ese deseo – añadió- debo preguntaros algo más acerca de este hombre. Cuanto más sepa, más seguro será el cumplimiento de vuestro deseo. ¿Puedo?
- ¿Qué necesitas saber? – respondió Iara nerviosamente.
- Cuéntame algo más sobre él – la instó Uriel. - ¿Qué es lo que le hace tan especial?

Iara hizo una pausa, tratando de ordenar sus pensamientos.

- Bueno, hay muchas cosas… Le conozco desde que éramos niños y atesoro los recuerdos de nuestra infancia. Sin embargo, según fuimos creciendo, nos distanciamos, limitándonos a intercambiar saludos en el camino. Se casó joven y es leal. ¡Oh, es tan guapo, encantador e inteligente!... ¡Lo tiene todo! Para ser honesta, quizás, una de las razones de que disfrute tanto la caza es que me da la oportunidad de estar con él. Aunque rara vez vamos en el mismo grupo. Solo espero que un día no haya más mujeres presentes y pueda robar un momento para estar a solas con él. Pero ¡ay!, no he tenido suerte hasta ahora. Probablemente, ni siquiera se lo ha planteado. Soy demasiado ruda…
- ¿Por casualidad, ese hombre sigue unido por el

matrimonio? – inquirió Uriel, en un tono que reflejaba juicio - ¡No es esta una cuestión de poca importancia!

- En realidad, podríamos decir que no – respondió Iara con firmeza. – Su esposa no puede darle hijos y por eso está buscando una nueva compañera, digna de darle descendencia.

- Decidme – presionó Uriel sinceramente - ¿Por qué debería ser con él? ¿Qué es lo que no puedes lograr tú sola, ahora mismo?

Iara vaciló, con los pensamientos girando en su mente.

- ¡Oh, Uriel, mis deberes pesan sobre mí! Tal vez no sea esa mi esencia, el caso es que me pongo muy nerviosa en su presencia. Mi corazón tiembla, pero no soy hábil en el arte de la sensualidad. Soy demasiado práctica… o, tal vez, es que me he vuelto así, simplemente.

- Os lo preguntaré por última vez – insistió Uriel - ¿Estáis segura de que ese es vuestro deseo?

- Más que ninguna otra cosa – confesó Iara, con creciente determinación.

- Entonces, vuestro deseo es mi mandato. Venid, arrodillaos ante mí.

Iara se arrodilló frente a Uriel.

- Encended la vela una vez más – le indicó. Ella obedeció. La llama serpenteó, arrojando un cálido resplandor a su alrededor.

- Sin embargo, antes de proceder, Iara… – añadió Uriel suavemente - … voy a pedirte una cosa. La verdad es que es posible que este deseo que manifiestas no sea lo más importante. Lo que realmente importa es lo que yace en tu corazón, en lo más profundo de tu ser, lo que habita en tu subconsciente. Para que se manifieste, debo rogarte que confíes en mí por completo, absolutamente. Estoy aquí para servirte.

- Antes de otorgarte mi confianza – respondió Iara, levantando una ceja – dime, ¿dónde está el truco? ¿Qué es lo que deseas de mí? ¿Por qué no has contactado con los demás habitantes de la tribu?

La expresión de Uriel se volvió seria.

- Mi tiempo es limitado. No soy más que un recipiente, incapaz de conceder deseos a cada alma que me encuentro. Sin embargo, tú, querida Iara, has sido dirigida hacia mí. Algo más allá de este reino me ha traído aquí y yo solo acepto el camino en el que soy necesario. Si no precisaras mi ayuda, no estaríamos frente a frente, ¿verdad?

Iara le miró intensamente a los ojos, buscando algo que pudiera infundirle un atisbo de sospecha. Sin embargo, Uriel parecía tan claro como el día. Lo que vio fue a un hombre convencido de sus propias palabras.

- Sea por lo que sea, Uriel, te confío mi corazón, por completo. – Declaró con firmeza.

Uriel respiró profundamente, inhalando el aire a su alrededor y exhalando lentamente.

- ¡Oh, Iara, tus deseos son órdenes para mí!

Tu confianza en mí hace esta manifestación más fuerte,
Tu deseo será concedido, con poder y suerte.
Expresa tu deseo, será tuyo al fin,
Y cuando lo recibas, querrás más sin fin...

- Ahora, mira profundamente en mis ojos – ordenó Uriel, con una voz retumbante.

Mientras Iara fijaba su mirada en él, contempló una visión como ninguna antes. Era como si se estuviera sumergiendo en las profundidades de un abismo sin fondo, un universo colmado de misterios. La intensidad de su mirada la absorbió, con una atracción magnética que la dejó sin aliento.

En ese momento, el mundo a su alrededor comenzó a desdibujarse, su visión se volvió vertiginosa y ella se desvaneció en el olvido. De repente, su mundo se volvió oscuro.

Capítulo 2: Vulnerabilidad

Iara, aturdida, se despertó de su letargo, sobresaltada por los intensos sonidos que resonaban fuera de su humilde morada. Sin saber por qué, se encontraba inusualmente cansada, a pesar de haber dormido hasta bien entrada la mañana. Algo raro en alguien que, como ella, acostumbraba a levantarse con la primera luz del alba. Aunque el agotamiento se había apoderado de todo su cuerpo, todo lo demás parecía estar en orden. El mundo exterior fluía como cualquier otro día.

Decidida a revitalizar su espíritu, se acercó al recipiente de agua fresca para lavarse el rostro, como hacía cada mañana en su ritual diario. Sin embargo, al mirar la superficie, la recibió un reflejo inesperado. La imagen que le devolvía la mirada parecía sutilmente transformada, con un destello de algo extraordinario, irradiando un brillo inusual que resaltaba en su aspecto. Su piel irradiaba un resplandor etéreo, una cualidad que no lograba identificar del todo, pero que sentía profundamente en su interior.

Después de ataviarse con su atuendo habitual, con el peso del cuchillo de madera descansando sobre su muslo y el arco y las flechas aseguradas a su costado, se adentró en el corazón de la aldea. Mientras atravesaba la multitud, se sintió invadida por una sensación peculiar. Muchas miradas se posaban sobre ella y no lograba entender la razón.

Una oleada de timidez se apoderó de ella. Trató de apartar aquella sensación mientras avanzaba hacia el bosque, donde la esperaba el grupo de caza. Como era de costumbre, se dividieron en grupos más pequeños, cada uno de ellos listo para la faena del día. Mientras se asignaban las partidas de caza, Chimba, el estimado líder de los guerreros, dio un paso al frente, con su imponente presencia. Iara sintió cómo el aire se atascaba en su garganta una vez más. Llevaba mucho tiempo siendo el hombre de sus sueños, la personificación de todo lo que anhelaba.

Chimba era un hombre bastante más corpulento que los otros de su tribu, pero también sorprendentemente ágil. Su fuerte y denso cuerpo estaba forjado por años de caza en el bosque. Su cabello largo y grueso, trenzado con firmeza, se recogía apretadamente y su rostro mostraba una nariz achatada, moldeada por muchas batallas.

- Escuchadme bien, amigos míos – declaró con autoridad – Vamos a embarcarnos en una cacería fructífera esta mañana. Debemos dirigirnos todos hacia el oeste, a la cresta de la montaña, pues he oído rumores de que hay una gran manada de pecaríes chaqueños.

Mientras los guerreros se dividían en sus grupos habituales, Iara sintió una oleada de emoción. La partida de caza necesitaba realizar una captura abundante para el festín de la noche y el resto de la semana. Para su asombro, los ojos de Chimba se posaron en ella.

- Esta vez, Iara me acompañará – anunció – Quiero determinar si sus habilidades son tan dignas como aseguran.

Un choque eléctrico recorrió a Iara. Nunca se había adentrado en el bosque con Chimba, mucho menos en un entorno tan íntimo.

Mientras atravesaban la espesura, con el sonido de los pájaros cantando y el susurro de las hojas, un inusual silencio envolvió el espacio entre ellos. El ruido del bosque parecía desvanecerse a lo lejos, dejando únicamente el suave crujir de las hojas bajo sus pies. Finalmente, tras lo que le pareció una eternidad en silencio, el guerrero Chimba se volvió hacia ella.

- Iarita – le dijo, invocando el nombre que le daba cuando era una niña, un detalle cariñoso que desencadenó una ola de recuerdos en ella - ¡Oh, ¡cómo me alegro de poder hablar contigo!

Iara parpadeó, momentáneamente sorprendida.

- ¿Eh? ¿Qué sucede, Chimba?
- He de pedirte disculpas por el tiempo pasado sin que compartiéramos una sola palabra – continuó él, en un tono que se fue tornando serio – Sabes… encontré a la que sería mi esposa, esa fue, en parte, la razón de mi silencio.
- Sí, claro – respondió Iara, tratando de disimular su decepción. – Estoy segura de que así ha sido. No querías apartaros de ella. Lo entiendo perfectamente.

La expresión de Chimba era sincera, su mirada se tornó intensa.

- Pero, con toda honestidad, Iara, eres tú quien ocupa mis pensamientos durante la última década. No has abandonado mi mente.

El corazón de Iara comenzó a latir rápidamente, mientras la invadían la sorpresa y la confusión.

- ¿Qué? ¡Esto es nuevo para mí! ¿Qué quieres decir? Nunca me has mirado en todos estos años…
- Te lo he dicho antes, tenía una esposa – se disculpó él.
- Sin embargo, te he visto conversar tranquilamente con otras mujeres – replicó ella, algo incrédula – No parecías muy preocupado entonces.

La tensión flotaba entre ellos, en un instante de emociones no reveladas.

- Iarita, – replicó Chimba – para ser completamente sincero, no podía hablar contigo porque te tengo en más alta estima que a todas las demás. A decir verdad, incluso cuando estaba con mi esposa, el deseo de conversar contigo me llenaba de culpa. Porque mi mente debería haber estado enfocada únicamente en ella… y, sin embargo, no era así. Iarita, deseo pedirte perdón.

El corazón de Iara latía con fuerza y la sensación de shock inundó su cuerpo. Era el momento que tanto había ansiado, la culminación de sus sueños desplegándose ante ella. Sin embargo, le parecía irreal. Casi, demasiado repentino.

Como si todos los años de tiempo perdido entre ellos

hubieran desaparecido de su mente, no dudó en responder:
- Por supuesto, Chimba. Lo comprendo. Ya te he perdonado, hace muchos años.

En ese momento, en lo más profundo del espeso bosque, rodeados por un inmenso bullicio, se acercaron y se besaron, estableciendo una conexión física que transmitía años de oportunidades perdidas, de perdón y de posibilidades futuras.

La noche siguiente, mientras la luna iluminaba brillantemente el sendero del bosque, Iara regresó a la misma orilla del río, donde había sido cautivada la noche anterior. Esta vez, un nuevo brillo marcaba su paso, como si el mismo aire que respiraba estuviera impregnado de una fuerza invisible, que la impulsaba hacia adelante. Sus ojos, más brillantes que nunca, buscaron la figura familiar que le parecía conocer desde siempre.

Allí estaba, como si fuera conjurado por su propia voluntad, invocado por pura magia. Uriel, en el mismo lugar, arrodillado en tranquila meditación. Su presencia era pacífica, pero algo temblaba en el aire, algo que no pudo identificar.

La mente de Iara flotaba en un estado de absoluta fantasía. El hombre de sus sueños, el deseo más secreto de su alma había reparado, finalmente, en ella. Incluso la radiante Yurani, que parecía encarnar la belleza juvenil y atemporal, había sido incapaz de reclamar su atención como ella había hecho. Era como si el destino le hubiera conducido hasta ella, y ella, en su corazón, no lograba comprender cómo había sucedido ni por qué. Sin embargo, así había sido. El hombre que tanto había deseado escuchar, el que rondaba sus pensamientos, estaba ahora al alcance de su mano.

La voz de Uriel flotó hacia ella.

- ¡Oh, Iara! – exclamó, levantando la mirada desde la orilla del río para encontrarse con la suya. – Hay algo… diferente en ti esta noche. Cada uno de tus pasos, tu apariencia resplandeciente… hay una nueva luz sobre ti. ¿Qué noticias tienes para mí? Decidme, dulce Iara, ¿qué ha sucedido?

Por un momento, Iara vaciló. Multitud de pensamientos acudían a su mente, pero el más urgente era liberarse del juicio que estaba reteniendo.

Habló, con una respiración tímida y temblorosa:

- Yo… debo disculparme, Uriel – comenzó, bajando la mirada por un momento – Por los pensamientos que he tenido. Una vez me preguntaste si creía en los milagros… Y ahora, estoy viviendo uno. Sí, creo, con certeza. Ayer por la tarde sucedió, una verdad hecha realidad en este mismo mundo. ¡Permíteme decirte, oh, chico mágico, que eres todo lo que dices ser!

Una sutil sonrisa, brillante y traviesa, se extendió sobre los labios de Uriel. La luz de la luna brillaba en sus ojos y se levantó lentamente, con fluidez.

- ¿Un milagro, dices? – respondió – Entonces, parece que

sigo siendo parte de tu destino, aunque no sé si soy la causa o la consecuencia. Pero me alegra saber que has visto lo que yo sabía que era cierto. La magia también vive dentro de ti, Iara.

Una extraña calidez la envolvió, un temblor de anticipación. Uriel sonrió suavemente.

- Me alegro de que hayas alcanzado lo que buscabas. Pero dime, ¿qué te trae hasta mí esta noche? ¿Tienes preparado tu segundo deseo en los labios?
- ¡En efecto, Uriel! ¡He venido por más!

La sonrisa de Uriel se amplificó y, con una reverente inclinación de cabeza, dijo:

- Entonces, como vuestro humilde servidor de deseos, espero vuestro mandato, oh, Iara... Y, sin embargo, una vez más, debo advertiros – declaró Uriel con calma.

Llámame y yo te escucharé,

Cada deseo, cada anhelo te daré.

El deseo más puro de tu corazón,

Cualquier cosa que quieras, toma mi mano, sin condición.

Pero hay uno solo, un deseo prohibido,

No todo deseo puede ser cumplido y escrito

Iara alzó una ceja, mientras una incipiente frustración iba asentándose en su interior. Había llegado a confiar en la sabiduría de Uriel, pero su discurso críptico irritaba su espíritu. Había escuchado ya demasiados acertijos, su paciencia se iba agotando.

- ¡Habla claro, Uriel – comentó con impaciencia – Estoy cansada de tus juegos! Dime, ¿cuál es ese deseo prohibido?

- Como ya te he dicho anteriormente – murmuró Uriel – lo sabrás cuando llegue el momento, porque el conocimiento de ello no se traduce en palabras, sino en el entendimiento del corazón. No es la pronunciación lo que lo revelará, sino el *sentimiento* de ello, que llegará cuando el momento se acerque. Cuando necesites entenderlo, tu corazón te guiará.

Un escalofrío la recorrió y la confusión se adentró profundamente en su pecho. ¿Qué había querido decir con eso? Entonces, la voz de Uriel tronó, una vez más, en un tono profundo y autoritario, resonando a través de la noche.

Expón tu voluntad y avivaré tu fuego,

Te daré todo lo que quieras, todos tus deseos.

En espíritu, lo formo, en carne será,

La realidad se dobla a tu voluntad y se hará…

Iara se encontraba frente a Uriel, sus ojos nublados por la incertidumbre.

- A decir verdad, Uriel – comenzó – llevo mucho tiempo deseando ser madre, pero no sé si está dentro de mis posibilidades. Los años han pasado y, aunque hace mucho tiempo estuve con otro hombre, el fruto de mi vientre nunca echó raíces. No sé por qué digo esto ahora, pero escúchame, oh, Uriel. Que sea mi deseo. Que sea esto... - su voz tembló al pronunciar las palabras que había ocultado durante tanto tiempo.

¡Oh, Uriel, escucha mi súplica, mi deseo... deseo ser madre!

Su corazón latía con fuerza, mientras el mandato se esparcía por la noche. La mirada de Uriel era intensamente misteriosa. Inhaló profundamente, como si absorbiera la energía misma del río que los rodeaba, y exhaló despacio, su pecho subiendo y bajando. Cuando comenzó a hablar, su voz retumbó a través del silencio:

Tu confianza en mí hace esta manifestación más fuerte,
Tu deseo será concedido, con poder y suerte.
Expresa tu deseo, será tuyo al fin,
Y cuando lo recibas, querrás más sin fin...

Cuando sus palabras se asentaron en la noche, la tierra pareció estremecerse bajo sus pies, como si el mismo mundo se estuviera inclinando ante su mandato. Un gran temblor llenó el aire y, una vez más, la visión de Iara se oscureció. Su mundo, como había sucedido antes, se desvaneció en la oscuridad...

Capítulo 3: Todo o Nada

Un deseo está prohibido, un juego letal,
No pronunciéis su nombre, o el fuego será real

Así, pasaron las semanas y una mañana, Iara se vio envuelta en una tormenta de enfermedad. Yacía en su cama, reacia a abandonar su comodidad durante varios días, pues no conocía la causa de su sufrimiento. Sin embargo, incluso cuando su cuerpo temblaba de incomodidad, su corazón ardía con un anhelo que no podía contener.

Se suponía que aquella noche iba a ser mágica y, sin embargo, se encontraba tomando una decisión que no podía entender, una decisión de la que ahora se arrepentía. Durante años, Iara había estado consumida por el amor hacia un hombre de presencia embriagadora, un hombre que ocupaba todos sus pensamientos. Pero cuando finalmente lo tuvo, sintió que todo lo que había imaginado se desmoronaba en un lugar sumamente vacío. Era como si su mente la hubiera engañado y el hombre con el que fantaseaba en sus pensamientos… no era el hombre con el que se había acostado, hacía incontables noches.

Apenas podía esperar al anochecer, para salir de nuevo en busca de Uriel. Mil preguntas corrían en su mente y su alma no descansaría hasta que todas fueran respondidas. Necesitaba saber. Necesitaba comprender qué había sucedido entre ellos, qué fuerzas se habían despertado dentro de ella, qué magia había tocado su vida. Al acercarse al borde del río, sus ojos se dirigieron al agua. Allí estaba Uriel, recogiendo sus pertenencias. Su silueta estaba iluminada por la suave luz del cielo y se movía con lentitud, meticulosamente, como si se estuviera preparando para partir del lugar que se había convertido en su punto de encuentro. Junto a él, esperaba un compañero que no había visto antes, un caballo de pelaje brillante y castaño, pastando tranquilamente a orillas del río.

- Uriel, ¿a dónde vas? – llamó ella. Te pido disculpas por mi ausencia, pues he estado enferma las últimas semanas – se disculpó con pesar - ¿Acaso no nos queda un último deseo, una promesa sin cumplir?

Uriel se giró hacia ella, con expresión serena y un destello de travesura en sus ojos.

- ¡Oh, Iara, no soy más que un espíritu que merodea por las aguas, esperando a vuestro antojo! Un hombre de carne y hueso debe buscar sustento, como bien sabéis, y de vez en cuando, complacer sus impulsos – respondió, guiñándole un ojo de manera juguetona – Ahora, decidme, ¿qué tenéis que decirme que no puede esperar hasta esta noche?

Iara permaneció quieta por un momento. Abrió la boca, pero las palabras se le atragantaron en la garganta. ¿Cómo podría explicarlo? ¿Cómo hablarle de la verdad que había florecido inesperadamente dentro de ella?

- Uriel – su voz titubeó, pero siguió adelante, porque ya no había vuelta atrás. – Yo… estoy embarazada.

Sus palabras quedaron suspendidas en el aire, mientras buscaba su rostro, desesperada por encontrar alguna señal de lo que él diría, de cómo respondería.

Sin embargo, la expresión de Uriel no cambió. Sus ojos se entrecerraron por un breve momento y luego habló con tono decidido.

- Como lo has deseado, así tu deseo se ha manifestado. ¿No era tu deseo convertirte en madre? ¿No ha sido tu deseo el que invocó esta creación?

El pulso de Iara se aceleró, mientras un nudo se formaba en su estómago. Dio un paso hacia adelante, su voz apenas un susurro, temblorosa.

- Pero, Uriel, tú… ¿me has fecundado, por casualidad?

Sus palabras le tomaron por sorpresa, pues los ojos de Uriel se agrandaron, en señal de asombro. La pregunta le golpeó como un rayo, en una sacudida de pura confusión no expresada. Se echó ligeramente hacia atrás, desconcertado por la pregunta.

Uriel la observó con incredulidad, confundido.

- ¿Qué? Si yo hubiera engendrado a tu hijo, lo habrías sabido, ¿no? ¿No has pasado tiempo con Chimba?

El pecho de Iara latía con fuerza, sus ojos buscando los de él, pero se mantuvo firme, a pesar del torbellino que sentía por dentro.

- Sí, he pasado tiempo con él. – confesó, bajando la mirada por un momento. – Pero lo que no sabes, Uriel, es que es posible que Chimba sea impotente. Estuvo casado una vez y su esposa no le dio hijos. Tal vez… tal vez sea él quien no es capaz de tenerlos.

Un momento de silenció se instaló entre ellos, antes de que Uriel respondiera.

- No me corresponde a mí perder el tiempo en tales chismes, Iara, pero quizás no fuera él, sino su esposa, quien no podía tener hijos – la mirada de Uriel comenzó a suavizarse – Pero no temas, Iara, estoy seguro de que serás una madre maravillosa. Tienes corazón para ello, incluso más que como hermana o cazadora. Estabas destinada para tan supremo rol.

El corazón de Iara quedó expuesto ante sus palabras, pero una pregunta más oscura germinó dentro de ella, una que no lograba suprimir por completo.

- ¿Cómo? ¿Cómo ha podido suceder? Decías que no podías embarazarme, ¿no?

Uriel dejó escapar una suave risa, como si el asunto no tuviera mayor importancia.

- ¡Ah, Iara, tenéis razón! – asintió – Habéis de saber que no puedo cumplir ese deseo por mí mismo, porque hacerlo sería concederte… ¡dos deseos de un golpe! – añadió juguetonamente, guiñando un ojo para acompañar su travesura.

Los ojos de Iara destellearon con frustración. No estaba de

humor para bromas, no en ese momento. Había demasiadas emociones dentro de ella, una tormenta que no lograba calmar.

- ¡Oh, Uriel! – espetó bruscamente – No eres un genio, ¿verdad?

Uriel hizo una pausa en su contemplación, sus dedos jugueteando distraídamente con los objetos que había recogido.

- En efecto, tienes razón. – admitió – Me has… desenmascarado, supongo. Has descubierto mi verdadera naturaleza.

Una sombra cruzó por el rostro de Iara y su voz se volvió más fría, más incierta.

- Entonces, Uriel, confiesa… ¿quién eres? ¿Qué eres? Si no eres un estafador, un manipulador, ¿qué es lo que esperas obtener de mí?

Uriel fijó su mirada en los ojos de Iara y, por primera vez, esta tuvo la sensación de que había algo genuino en él. Honestidad, tal vez, o la cruda verdad de su propia complejidad. Respiró profundamente, relajando las manos mientras hablaba.

- Ahora, escúchame, Iara – continuó con calma – Un manipulador intenta controlar, retorcer el corazón, utilizar a la otra persona para su propio beneficio. Pero yo… yo te he concedido el deseo que me pediste. ¿O acaso no ha sido así?

La mente de Iara iba a mil por hora, mientras consideraba sus palabras. Las preguntas que había realizado, los deseos que había pedido, todos habían sido concedidos, sin condiciones. Al menos, no todavía. Aun así, no lograba deshacerse de la duda que la asaltaba.

- Sí – respondió en voz baja, aún desconfiada – así ha sido.

Los ojos de Uriel se oscurecieron.

- Entonces, Iara, ¿qué engaño he practicado contigo? – Su mirada penetró la suya, como si intentara arrancar las profundidades de su alma.

Iara sintió que las paredes que había construido tan cuidadosamente en torno a su corazón comenzaban a derrumbarse. Sabía que no podía esconder la verdad para siempre, aunque una parte de ella deseara hacerlo.

- ¡Oh, Uriel, reconozco que has cumplido todos mis deseos, o eso parece! Sin embargo, aunque he recibido mucho, incluso con Chimba, mi alma no encuentra la paz y he descubierto que lo que realmente busco... lo que realmente necesito... no está con él – confesó Iara.

- Si acaso, Uriel – continuó con pesar – has llegado para dejar otro corazón roto a vuestro paso. – Uriel pareció sorprendido por la repentina confesión de Iara, sin saber cómo reaccionar.

- ¡Oh, Uriel! ¿Qué eres? Necesito saberlo – susurró - ¿Eres un espíritu? ¿Un hombre? ¿Un genio, acaso un demonio?

Él se acercó un poco más, su voz indudablemente potente.

- No soy ni hombre ni bestia – pronunció – Ni bueno, ni malo. – Hizo una pausa antes de continuar, mientras su voz se hacía más grave:

Soy tu espejo más verdadero, tu reflejo más profundo,
Todo lo que deseas manifestar, la conexión más cierta de tu alma,
Tus sueños más grandes y tus miedos más oscuros,
Te serviré como guía, más allá de todas las fronteras.

Un escalofrío recorrió la columna de Iara y, por un momento, guardó silencio, tratando de comprender la magnitud de todo aquello.

- Pero ¿qué significa eso, Uriel? – preguntó, con voz temblorosa – Por favor, dímelo. Es lo menos que puedes hacer.

El comportamiento de Uriel se relajó aún más y, sin decir palabra alguna, tomó sus manos con suavidad.

- Iara – comenzó – Hay mucho que explicar y muy poco tiempo para hacerlo. Ahora, escúchame, porque la verdad es mucho más simple… y también mucho más complicada de lo que pudieras pensar.

Inhalo una lenta y deliberada bocanada de aire, antes de continuar.

- No soy un genio, tampoco un espíritu – declaró Uriel, mirándola fijamente. – Sin embargo, nada de lo que te he dicho es falso. Hice voto de servirte, Iara, como tu guía, para conceder aquello que tu corazón tanto desea. Pero solo puedo hacerlo si depositas tu confianza en mí, en su totalidad, si desnudas tu alma y expones tus vulnerabilidades. – Sus palabras fueron delicadas, inconfundibles. La atrajo más cerca, arrastrándola hacia él – Y tú, querida, lo has hecho. Así que ahora, compartiré contigo... mi verdad.

Iara inclinó la cabeza, curiosa.

- ¿Cómo has llegado tan lejos? – le preguntó.
- ¡Soy Uriel! – rugió él - ¡Procedo de la grandiosa metrópolis de Ur! ¡El epicentro del mundo! Muy joven, me esclavizaron en el templo de la poderosa diosa Ishtaar. En un lugar muy, muy lejano de aquí. Pero he escapado, he huido y, al hacerlo, me he ganado la ira de todos los dioses... y el odio de diversos reinos, grandes y pequeños. – Su confesión llegó como un incendio.

El corazón de Iara dio un vuelco, mientras su mente se esforzaba por comprender. Por captar el significado completo de su presencia allí, en aquel preciso momento.

- Entonces, - continuó Iara, con curiosidad - ¿ha sido en el templo de Ishtaar donde te han otorgado los poderes necesarios para conceder deseos?

Uriel esbozó una suave sonrisa, pero había algo más en sus ojos. Algo inquietante, que le hacía cuestionarse si realmente habría logrado liberarse de las cadenas que lo ataban.

- No exactamente. – respondió. – En el templo, aprendí los seductores caminos de la sensualidad, los misterios del cuerpo y el alma, el placer y el dolor, las fuerzas que nos unen a todos. Sin embargo, lo que estamos haciendo aquí, lo que tú y yo hemos compartido… la magia, como vos la llamáis, no proviene de Ishtaar. Soy un viajero del mundo y en mis viajes, me convertí en estudiante de Hypnos, el dios del sueño. A través de sus enseñanzas, aprendí el arte de la hipnosis, el poder de doblegar las mentes y los deseos a voluntad.

Ella jadeó. Su aliento quedó suspendido al oír sus palabras, mientras un escalofrío recorría su cuerpo, al calor de su presencia. Sus palabras fluían con una suavidad hipnótica y, sin embargo, había algo más profundo, algo más oscuro en ellas. Tal vez, una advertencia.

Los ojos de Uriel se oscurecieron y avanzó un paso hacia ella, hasta que desapareció el espacio que había entre ellos.

- Cada uno de tus deseos, Iara, es una puerta que se abre, pero también un camino que se cierra. Para conseguirlo lo que quieres, debes estar dispuesta a dejarlo todo atrás.

Con Uriel no había un camino fácil, ninguna respuesta era sencilla. Para reclamar sus deseos, tendría que renunciar a muchas cosas. Quizás a todo.

Su corazón latía con fuerza, atrapado entre la atractiva promesa de Uriel y el temor al precio que podría tener para ella. Permaneció frente a él, con el alma desnuda.

- Mi querida Iara – continuó – si a estas alturas no cree en la mano del destino, reflexiona sobre el milagro que permite que dos almas se encuentren en medio de semejante caos. En este universo interminable, donde las estrellas brillan y las galaxias giran, las probabilidades de que dos corazones solitarios converjan son tan raras como ver una estrella fugaz en plena luz del día. Decidme… ¿cuántas galaxias crees que existen?

- No lo sé. Millones, quizás – respondió Iara, mientras sus ojos vagaban hacia el cosmos.

- Y dentro de esas innumerables galaxias y de las incontables estrellas que brillan con esplendor, ¿cuántas crees que hay, dulce Iara?

- De hecho, tantas que nuestras mentes no pueden comprender su número, no hasta el mismísimo fin de la eternidad – respondió ella, maravillada.

- Y ahora considera, de todas esas radiantes estrellas – continuó Uriel, apasionadamente - ¿cuántos planetas crees que orbitan alrededor de sus soles? ¿Cuántos están ubicados de tal forma, con atmósferas tan puras, que permiten que la vida prospere?

- Solo este planeta que conocemos, oh, Uriel. Y tal vez, también los reinos de los dioses, los cielos – susurró suavemente.

- Exactamente – afirmó él – Y sobre esta tierra mortal, la cuna de la humanidad, ¿cuántas almas crees que han caminado por estos suelos y cuántas más recorrerán sus senderos en los años venideros?

- Procedo de una tribu humilde y mis viajes han sido pocos – respondió Iara – Pero diría que muchas, sin duda.

- ¡Miles de millones, me atrevería yo a decir! – replicó

Uriel, con una intensidad que crecía en cada una de sus palabras. – Y en la interminable extensión del tiempo y la existencia, a través de los años y meses sin fin, las semanas que pasan, los días preciosos y las horas que se acercan, ¿entiendes lo sagrados que son estos momentos? Compartir estos breves e insignificantes instantes contigo en esta tierra es un tesoro sin igual.

Su mirada penetró hasta el alma de Iara.

- ¡Considera la improbable probabilidad de nuestro encuentro! Conocerte, contra todas las probabilidades, es la aventura más maravillosa de todas. No somos siquiera una mota de polvo en la atmósfera, ni una gota en el océano. ¿No es evidente que nuestra unión está predestinada? Un milagro divino, sin duda alguna.

- En ese instante, tú y yo, yo y tú, somos una unión extraordinaria dentro del interminable ciclo de la existencia – continuó, con los ojos brillantes. - ¿Acaso no sientes la divinidad de esta hora, Iara?

- Uriel... - comenzó a decir ella, para luego detenerse, insegura. Las palabras temblaban en sus labios, pero permanecieron selladas. ¿Cómo podría preguntar una cosa así? Y, sin embargo, había una parte de ella que lo deseaba con desesperación.

Uriel se inclinó más cerca, su aliento mezclándose con el de ella, el calor de su presencia envolviéndola.

- Ahora, mi hermosa Iara – susurró - ¿cuál es tu último deseo?

Una lágrima escapó de sus ojos, resbalando tímidamente por su mejilla. Sin pensarlo, alzó la mano y golpeó con fuerza la cara de Uriel. Pero incluso mientras el ardor del golpe marcaba su piel, las compuertas de sus lágrimas se abrieron por completo.

Uriel, impasible, la miró a los ojos con calma.

- Tal es la ley de la polaridad – dijo – Poseer es carecer, desear es vaciarse, una vez que el deseo se cumple.

Hizo una pausa y luego continuó:

- Recuerda, tu último deseo será concedido por el fuego de la vela. Sin embargo, oh, Iara, debo advertirte por última vez – murmuró Uriel:

Llámame y yo te escucharé,

Cada deseo, cada anhelo te daré.

El deseo más puro de tu corazón,

Cualquier cosa que quieras, toma mi mano, sin condición.

Pero hay uno solo, un deseo prohibido,

No todo deseo puede ser cumplido y escrito

- Sí, sí, el deseo prohibido del que me hablas en acertijos, pero que no puedes aclarar. ¡Lo sé, lo sé! No pronunciaré sus palabras, porque no sé cuáles son, ¡en verdad! – exclamó ella, con frustración.
- Sin embargo, yo tengo la sospecha de que sí lo sabes, Iara – respondió Uriel, con aguda perspicacia. – Porque si

llegas a pronunciar ese deseo en voz alta, entonces, tal vez tu presencia aquí sería en vano. Pero si aún deseas pronunciar tu tercer deseo, regresa a mí mañana por la noche, estaré esperando en la cima de la luna llena.

Los ojos de Iara se encontraron con los de él en silencio, atrapada entre los reinos de lo visto y lo no visto.

Uriel asintió suavemente y, de manera críptica, añadió:

- Recordad, oh, Iara, que el deseo más verdadero que no puede ser concedido por la magia es el amor. El amor no proviene de hechizos o promesas, sino que es libre, incondicional y compartido entre almas. Ese es el deseo que debes hacer con vuestro corazón, y no con tu mente.

Sin decir una palabra más, Uriel montó sobre su noble caballo. Sus ojos nunca se apartaron de los de ella y, con una última mirada, incitó al animal a moverse. El sonido de los cascos del caballo se desvaneció en la tarde. Iara permaneció allí, de pie, bajo las nubes.

Posiblemente, la luna llena del día siguiente marcaría su último momento juntos.

La noche siguiente, mientras la luna llena iluminaba la tierra con su resplandor plateado, Iara se descubrió ansiosa, mientras arropaba a sus sobrinas en sus camas. Sin embargo, una extraña sensación de vacío llenaba su corazón. A pesar de que su cuerpo se encontraba ahora lleno de vida… un niño, su alma se sentía sola. Una tensión inconfundible la envolvía, pues sabía que aquella noche traería consigo la verdad de su último deseo, uno que alteraría el curso mismo de su destino.

Se acercaba la hora en que acudiría a manifestarlo, una decisión que la emocionaba y, al mismo tiempo, la llenaba de miedo. Con una vela firmemente sostenida en su mano, tal como había hecho innumerables veces antes, contó los once minutos de la undécima hora y dio un paso hacia la oscuridad de la selva. Ningún resquicio de luz rompía la densa vegetación, salvo por el débil resplandor de su vela. El aire estaba lleno de los sonidos nocturnos y las lejanas llamadas de extrañas criaturas ocultas a la vista. Cada paso que daba la impulsaba más hacia lo desconocido.

Y he aquí que, al llegar al lugar sagrado que había sido su altar varias noches atrás, Iara se sintió ansiosa. Buscó la figura de Uriel en medio de la oscuridad. Sin embargo, su tranquilizadora sombra la eludía. Cada silueta que se movía en la lejanía parecía tener su apariencia, pero, lamentablemente, era un simple producto de su imaginación.

Ante su ausencia, se arrodilló en el suelo, el frescor presionando contra su piel, mientras colocaba el candelabro frente a ella, permitiendo que la cálida llama iluminara suavemente sus rasgos.

- ¡Uriel! ¿Dónde estás? – llamó tres veces.
Solo respondió el silencio. ¿Dónde podría estar? La inquietud creció en su interior. Un persistente susurro le

decía que tal vez no acudiría en absoluto.

- ¡Uriel! ¡Uriel! – gritó, con la voz llena de urgencia - ¡Has de concederme lo que busco! ¡Me prometiste que estarías aquí! ¿Dónde estás? ¡He venido a por mi último deseo!

Oh, Uriel, escucha mi súplica… Deseo…

A medida que la verdad se asentaba en su mente, Iara comenzó a comprender el peso de las palabras de Uriel del día anterior. La conocía demasiado bien, a pesar del poco tiempo pasado desde que sus caminos se cruzaran por primera vez. En su presencia, ella había abierto su corazón, mostrando sus vulnerabilidades, y él le había concedido todo lo que deseaba… para luego desvanecerse en la oscuridad, como un suspiro de humo.

Una profunda comprensión la golpeó y con ella llegó una desesperación aplastante. Su cuerpo se desplomó contra la tierra, mientras se aferraba al suelo con los dedos, con tal intensidad que las mismas briznas de hierba se vieron arrancadas de sus raíces. Las lágrimas se derramaban por sus mejillas.

- ¿Dónde estás? – gritó hacia la noche - ¡Me has mentido! He regresado, como te prometí. ¡Uriel! – El nombre brotó de sus labios, anhelando a aquel que se había convertido tanto en su luz como en su tortura. Y de repente, las palabras de Uriel parecieron resonar en su mente.

Llámame y yo te escucharé
Cada deseo, cada anhelo te daré.
El deseo más puro de tu corazón,
Cualquier cosa que quieras, toma mi mano, sin condición.
Pero hay uno solo, un deseo prohibido,
No todo deseo puede ser cumplido y escrito

En ese momento, comprendió lo que Uriel había querido decirle. Quizás por eso no había vuelto a aparecer.

A lo lejos, Chimba, el guerrero de su pueblo, se agachaba con sus compañeros, ocultos entre los densos arbustos, con los ojos muy abiertos, llenos de desconcierto al descubrir a Iara, sola en la oscuridad, sollozando frente a un viejo árbol.

- ¿Qué está haciendo? – susurró el compañero de Chimba – desde que os acostasteis con ella, actúa de manera extraña.
- No lo sé – respondió Chimba, con el rostro marcado por la preocupación. – No puede ser culpa mía, ¿verdad? Lleva semanas muy rara. Hay quien dice que visita este mismo árbol cada noche, suplicándole por un último deseo. Pero nunca lo pronuncia, pues teme no alcanzarlo jamás. ¡Qué dilema!

- ¿Y eso por qué? – preguntó su amigo, con confusión en el rostro.
- Porque – explicó Chimba lentamente – es posible que se trate de… un deseo prohibido…
- ¿Y qué deseo puede ser ese? – insistió su amigo, pero Chimba guardó silencio. El grupo se quedó en silencio, con la atención fija en Iara, que seguía llorando en las sombras, mientras los guerreros observaban…

"Espero que hayas disfrutado de la experiencia. Por favor, revela la inscripción para compartir tus pensamientos."

REVELAD LA INSCRIPCIÓN